더 사랑하기

더 사랑하기
이희복 시집

초판 인쇄 | 2010년 10월 10일
초판 발행 | 2010년 10월 15일

지은이 | 이희복
펴낸이 | 신현운
펴낸곳 | 연인M&B
디자인 | 이희정
기 획 | 여인화
등 록 | 2000년 3월 7일 제2-3037호
주 소 | 143-874 서울특별시 광진구 자양동 680-25호(2층)
전 화 | (02)455-3987   팩스 | (02)3437-5975
홈주소 | www.yeoninmb.co.kr
이메일 | yeonin7@hanmail.net

값 8,000원

ISBN 978-89-6253-071-1 03810

연인푸른시선 12

더 사랑하기

이희복 시집

연인M&B

🍀 시인의 말

사랑한다 말할 뿐,
사랑하지 못한 부끄러움의 고백

그래, 어느 분의 말처럼 나는 사랑을 하고 있는지 모른다.
내 이웃, 동족, 가족, 절대자,
혹 그 누구….

그러나 부끄럽다.
나는 사랑한다 말할 뿐,
진정 사랑하지 못하고 있기 때문이다.

『더 사랑하기』는 그래서 나의 부족함을 고백하며
나를 더 깨우치기 위한 글이다.
사랑하지 못한,
더 사랑하지 못한,
부끄러움의 고백이다.

23년만에 첫 시집을 묶는다.

왜 요즘엔 시를 안 쓰냐는 딸들의 물음에 딱히 할 말이 없었던 때도 있었지만, 시는 어느새 내 삶이 되고 내 살이 되어가고 있었나 보다.

그분을 만나 새롭게 변화된 삶을 살고 있음이 감사하기만 하다.

건강이 여의치 않음에도 해설을 써주신 김대규 선생님께 감사드린다. 오래 함께한 안양여성문인회(구. 화요문학) 정겨운 얼굴들이 떠오른다. 여러모로 힘써주신 도서출판 연인M&B의 신현운 사장님께 감사드린다.

오래도록 후원해 준 남편에게 감사한다. 특별히 교회의 일꾼으로 세워짐을 더욱 축하한다. 진화 민화를 사랑한다. 두 딸은 내게 둘도 없는 보물이다. 작은딸이 좋은 신랑감 만나 결혼한다니 두 사람을 축복한다.

그리고 무엇보다 이 시집을 손에 든 당신, 독자들께 사랑의 마음을 보낸다.

내 안에 갇혔던 시들,
반성문 쓰는 마음으로 떠나보낸다.
내 이웃을, 내 동족을
더 사랑하지 못해 부끄러운
늘 부족한 나를 떠나 흘러가기를.

2010년 가을이 오는 길목에서
이희복

차례

제2부 오후 4시의 햇살은 슬로비디오로

제1부

나무의 길

세상의 모든 귀들이
점점 커집니다.
길이 자라는 소리
누군가 나무에 귀 대고
듣는 중입니다, 쉬잇

정경

짙은 겨울의 귀퉁이
봄바람 살랑 덧칠을 시작하면
어느새 밑그림 풀려나
배 한 척
말없이 떠나간다

소풍날

곡우 지나 맑게 갠 날 아침
꽃들이 무리 지어 소풍을 나왔다

햇빛이 구령을 붙이자
고만고만한 흰 모자의 애기별꽃들
와글와글 섞이어 섬돌을 오르고 있다
줄지어 따라가는 꽃잔디
뒤꿈치가 경쾌하다
돌담 아래쯤 지나던 무리 틈에
골담초 언제 합류했는지
노란 손 흔들며 반기고 간다
박태기꽃 수다 떨다가
흐뭇하게 일행을 내려다보는 길가
뒤늦게 당도한 천상초가
폴짝폴짝 뜀질을 해대는
봄날

도대체 이 봄날은
누가 열었기에 이리 와자한 걸까
하늘에서 내려준 줄 놓치지 말라는
하나님 말씀 천상에서 들려와
개구리 울음소리 떼로 피어난다

나무의 길

나무 안 깊숙이
길 하나가 자라고 있습니다

겨울에도 분주히 나무는
길의 창을 닦고 있습니다
새벽이 마침내 열릴 그 날
봄천지 불 밝힐 초록이 자라고
초록의 끝에 피어날 하늘, 나무는
반짝이는 기도를 키우고 있습니다

영의 모든 눈을 다 열어놓습니다
어둠 속에 더욱 뚜렷이
길의 몸이 보일 듯합니다

세상의 모든 귀들이
점점 커집니다
길이 자라는 소리
누군가 나무에 귀 대고
듣는 중입니다, 쉬잇

지평선이 그리는 그림

오클라호마 평원을 달리던 날
가도 가도 꼼짝 않던 하늘이
급기야 낮은 포복으로
엎드리는 것 좀 봐

지평선이 둥글게
우릴 둘러싸기 시작했어
어느새 낯선 땅 중앙으로 몰아
달랑 둘만 가두어 놓았어

하나님은 그 마을만은 남겨 두신다

육지 끝 버려진 거기
바다 위에 집을 짓고
옹기종기 살아가는 사람들이 있다
바람을 제일 먼저 맞이하는 이들
태풍이 땅을 휩쓸어가도
따앙하리 마을*
하나님은 그 마을만은 남겨 두신다
대나무와 널빤지 엮어 만든 좁은 골목길 지나
벌거벗은 아이들 시커먼 배꼽이
오디마냥 유난히 빛난다

한 평 남짓한 방 한 칸에
7명이 산다는 집
태어난 지 3주 된 낄라의 피부는
발가락부터 머리까지
진물이 흐르고 있었다
쟁여진 빨래들을 비벼 빨며
땀방울인지 눈물인지 모르는 내 것도
잿빛 구정물에 떨어져 섞이고
그 구정물은 다시 바다로 그대로 떨어져 내리고

나는 백여 년 전 조선 땅에 들어와
그렇게 울었을 선교사들

그들의 눈물에 감사하고 있었다

이 죄스런 하얀 발이
이제야 밟은 버려진 마을
인간이 버린 땅
그러나 하나님이 붙들고 계시는 땅

나는 오늘도 이 우주에
보이지 않는 지도를 그린다
내 마음속 따앙하리 마을들이여

*따앙하리 마을 : 필리핀 마닐라 근교 나보따스 지역의 마을, 땅이 없
어 바다 위에 판자로 한 평 남짓한 작은 집을 짓고 사는 가난한 사람들
의 삶의 현장임.

가시곰벌레

바다 깊숙이 작은 몸집을 내려놓고
심장 박동을 스스로 멈추는 동물이 있다고 한다
겨우내 바다 깊이 뇌를 죽인 채
겨울잠에 든다는 가시곰벌레, 그 대목에서
나는 왜 한 여인을 떠올렸을까

걷지 못하는 두 다리 끌어안고
감각이 흐려진 시신경
작아지고 볼품없어진 몸뚱이
늙으신 어머니는 겨울잠에서 깨어날 줄 모르신다

깊은 바닷속 가시곰벌레는
봄이 녹아들면
다시 살아난다는데

황소[1]

상기된 늦봄이
저녁바람을 불러들이고 있다
공기 속엔
폭발 전야 알코올이 날뛰고
불무덤 꼭대기에 올라서서
막 피울음 토하기 직전
활화산 심장을
너는
잘도 평정하고 있다

그대로 중섭이 되는 무리에 섞여
나는 속울음을 삼키고 있었다

[1] 황소 : 이중섭(종이에 유채화 32.3×49.5cm)

황소[2]

온통 고밀도 그리움인
너의 노을을 휘저어
퍼런 소금기 털고 또 털어내도
너는 소용돌이에 갇혀 버리고 만다
멀어질수록 가까이 다가오는 파도
가까웠다가 다시 멀어지는 바다
그렇게 몇 굽이를 타고 넘어
나에게로 번져오는 너의 푸른빛
그 눈빛에 덴 날 저녁엔
나도 한 줄기 굵은 울음
울컥 쏟고만 싶어지는

[2] 황소 : 이중섭(호암미술관. 28.8×40.7cm)

숨 딱 멈추고

보잘것없는 모습
어디엔들 쓰일 곳이나 있으랴
그래도 이 모습 이대로 필요하다면
뿌리부터 완전히 뽑힐 일이다
가장 무가치한 가지지만
가장 강하게 쓸 수 있게
나를 쳐 부러뜨릴 일이다
내 모습일랑 보이지 않게
성령으로 덧씌울 일이다
아무도 눈치 채지 못하게
숨 딱 멈추고 있을 일이다
못 박음 없이 맨살로
그대로 종이 될 일이다

아무리 거센 광야 바람에도
꿈쩍 안 하고 견뎌내야 했던
싯딤나무*여

* 싯딤나무 : 이스라엘 남쪽의 건조한 광야 지방에서 유일하게 자라는
나무로, 가늘고 휜 가지에 가시가 있고 볼품은 없으나 저항력과 내구
성이 뛰어남. 조각목이라고도 불림.

수리산
― 안양에서

1
그대들 나기 전부터
나는 나인 채로 있었습니다

2
안양을 떠도는 말이란
참으로 적었었지요
요즘은 웬걸
왜 이리 시끄러운지요

눈 감고 있어도
골목골목 모르는 집이 없었건만
지금은 어지러워요

어둠 속에 환히 내 모습 보인다는
젖은 눈망울의 소녀도 있었지요

그 소녀 지금은
어디로 갔는지
한참 내려다보고 있으면
제 뼈를 버린 말들만
흐물흐물 흘러 다녀요

3
아니에요
다 아니에요
진실된 말이란
가슴에 불을 켠 채
담아두는 법이랍니다
한 해 두 해 힘겹게 지키다 보면
알 수 있지요
그리운 사람 하나
아직 여기에 묵직히

눈

네 마음의 볼록렌즈
초점을 맞춘 순간
어느새 일상을 넘어
접어둔 추억에 불이 붙는다

빈들에 서면

　빈들인데도 나의 눈엔 군데군데 이삭들이 보였다 아끼다가 푸른곰팡이 차지가 된 안타까움 말려준 햇볕이 한 가닥 길게 흘려져 있는가 하면, 외워도 늦되기만 하던 구구단도 토막토막 떨구어져 있고, 홍수로 쓸려가 버린 오빠의 편지 서너 줄, 빨아먹다 잠들어 달콤한 침 흘리게 하던 눈깔사탕 흰 줄무늬도 나를 향해 눈짓을 해 보였다 나는 이삭들이 눈에 띄는 대로 소쿠리에 주워 담았다 그러나 이상하게도 늘 허기졌다

　누군가 이미 쓸고 지나가버린 들녘을 뒤늦게야 더듬거리는 건 예나 지금이나 내 몫인 모양이다 어머니는 아직도 목소리를 높이고 계신다 "막둥아, 소쿠리 다 찼다냐아~ " 수십 차례의 가을을 다 보내고도 아직도 비어 있는 내 소쿠리를 어머니는 노안으로 용케 잘도 알아맞히신다

모과 향은 더욱 짙어지고

우리 어머니 주먹은 향기롭다
지는 해를 붙잡아 하루를,
또 하루를 키우시던 어머니
해 아래 해진 희망 다시 기워
담홍꽃 피워 올리시고
눈물 몇 가닥 한숨 몇 가닥
진양조로 길게 빔지를 엮어
가지마다 흘러 보내신다
가을 하늘에 단단한 열매를 매단다

열여덟에 시집와 홀로 되신 지 30년
곱던 얼굴에 강줄기 흐른다
민요 한 자락 그 속으로 녹아드는데

흙바람 가을볕을 비껴 서서
짙게 쪼그라든 어머니 웬일인가
더욱 향기 짙음은

雪

잎으로 피어나고 싶다

한 치의 흔들림도 허용 않는
침묵, 다만 기다림뿐인
겨울나무 어깨로 다가앉아
속살거리며 피어나리라
무색의 꽃잎들

울보 엄마

울타리를 버린,
그래서 외로운 네 자유

딸아
이 땅에 네 지성의 뿌리 내리기가
이렇게 힘이 들까

우듬지 끝에 까치발 서서
파닥거리는 네 날갯짓
다만 바라볼 뿐
너일 수 없음이 아프구나

기도 시간
네 이름만 불러도
엄만 금방 울보가 돼버리고

수채화 몇 점

1
뻘밭에 빠진 태양
다시 발을 털며
또 섬을 넘어가
풀어 헤친 검은 머릿발 깊이
숨고 말아

불꽃 술렁이는 바다
열리는 길

2
길게 드러누운 폐선을 가로질러
수직으로 비상하는 새
바람은 물이 되고
물과 섞이는 하늘

너도 없고 나도 없고
우리가 있는 시간

3
이윽고
아침을 밴다
밤바다

별이 빛나는 밤*

그대 반절의 외로움이
지난 시대를 싯푸르게 살아 있었구나
세기를 넘어 내게로 와
비로소 온전한 외로움이 되는구나
그대 잘린 격정의 시간
검은 녹빛으로 꿈틀대며
나의 밤들을 주무르고

*별이 빛나는 밤 : 빈센트 반 고흐 1889년 작, 근대미술관, 뉴욕.

가을 기도

종탑에 걸린 노을이
은빛 찬양처럼 몸을 떠는 시간
가슴 한켠에
촛불을 켭니다

주여!
이 가을에
아직 사계가 끝나지 않음을 감사하고
저녁 나절
아직도 남은 햇볕을
감사할 줄 앎을 감사합니다

열한시* 삶의 기도처럼
가을엔 누구나
마지막 남은 사랑을 사랑할 줄 아는 법

가슴에 촛물 흥건히 고이도록
노을에 흡입되던 두 손
하늘 품에 안깁니다
이윽고 하나가 됩니다

* 열한시 : 일과 종료 1시간 전인 오후 5시(유대시간 11시)에 고용되
어 하루를 잃은 품꾼들에게 시간의 가치를 일깨워 준 성경적 시간을
의미함.

자라난다는 것이란

해묵은 일기장 속에서 만난
아이의 보송한 솜털
아직도 눈망울 마알갛다

하늘엔 공기 입자들
파랗게 방울방울 물이 들고
상큼한 유치원 졸업식 날
졸업가를 부르고 내게 달려온 아이

엄마 나 울었어요
그래? 그래서 어떻게 했어?
누가 볼까 봐아
그냥 닦고 불렀어요
아이의 눈물방울 또르르
손등으로 경쾌히 구른다

누런 일기장을 접으며
손가락을 하나씩 접어 본다
아홉 해나 흐른 날들
아이는 오늘도 눈물 보일까
중학교를 졸업하는 오늘도

내 인생을 마지막 졸업하는 날
나는 무슨 빛깔 무슨 향의
눈물 함지박에 담아낼까

풍경을 따라간 날의 기억

나는 지금 거울과 거울 사이에 서 있다
거울 속에 거울이 있다, 속에
또 거울이 거울을 노려본다
횡격막을 서서히 끌어내리며 뒤로 돌아보니
네모 속에 네모 하늘이 보이고
하늘 속에 또 네모가 보인다
그 중앙에 내가 우뚝 서 있다
거울이 나를 응시하고 있다
나를 분해하고 있다

젖어 있거나 말라 있거나, 붉거나 푸른, 혹은 동그랗거나 각
이 진 수많은 미립자들, 비에 젖은 나무며 뙤약볕의 아스팔
트며 단풍이 들었다간 흰 눈 쌓이기도 했던 수많은 미립자
들이 유전자 지도를 분석당하고 있다

거울이 날 쏘아본다
숨을 잠시 코끝에 붙들어 매두었던 나는
달랑달랑하던 숨을 떼어내며
사방연속무늬의 거울 속으로 뛰어든다
뛰어든 내가 거울 속에서 사라지고
거울과 네모와 하늘이 일치된다

나는 아직도 거울과 거울 사이에 이렇게 서 있다

제2부

오후 4시의 햇살은
슬로비디오로

아직은 포기하면 안 돼
누군가 내게 주문을 한다
내가 서 있는 발 아래에
햇살이 고개 디밀고 들어온다

오후 4시의 햇살은 슬로비디오로

나를 버려두고 저희들끼리
길은 사라졌다
흑백의 차량들이 어딘가로
꽃뱀 기듯 빠져나간다
지하도에서 주춤거리던 웃음도
계단을 오르더니 힐끗힐끗
걸음을 옮겨놓는다
거리의 입간판들마저 능실능실
기어가기를 시작한다
직립의 나만 먼먼 돌섬으로 던져졌다
누군가 내게 길을 묻는다
길, 어디? 길, 어디라고?
갑자기 수많은 물음표가
나를 중앙에 가두고 휘돌기를
한다 어지럽다
차선과 인도의 경계가 짓이겨지고
길들의 옷매무새가 풀어진다
한쪽 다리만 겨우 오후 4시에 걸친 햇살은
바람과 비닐봉지와
부유하는 먼지와 함께
서쪽으로 조금씩
발길을 떼놓고 있다
아직은 포기하면 안 돼

누군가 내게 주문을 한다
내가 서 있는 발 아래에
햇살이 고개 디밀고 들어온다

지하철

도시의 뱃속을 돌며
역마다 각종 영양분을 부린다

숲

여럿은 여럿이 아니다
혼자는 혼자가 아니다

이사

몇 해 만인가
수북이 쌓인 먼지 속을 헤집고
봄을 꺼내어 닦는다

마음 밑바닥에 쳐진 거미줄을
말끔히 걷어내고
젖은 눈물을 내다 말린다
따사로운 햇볕이
축축한 우울을 잘 말리고 있다

버려지듯 쓰이지 않던
작다란 희망들을 꺼내
조심스레 포개어 묶는다
달그락 소리가 경쾌하다

장식장의 그리움과
윤나는 헤맴
다락방 속의 외로움은 따로 싼 후
"취급주의"라고 써 붙인다

손때 묻은 절망과
기름기에 찌들은 이기

낡아서 해진 욕망은
기꺼이 버리고 떠난다

그러나
빠뜨린 것이 하나 있다
내 몸은
누가 어디로
데리고 떠나갈 것인가

전기뱀장어

　네 돌기는 수면 위 상공으로부터 오는 미약한 전파라도 예리하게 잡아낸다 아마존강 유역 깊이 묻혔던 태고의 언어가 피라루쿠*로 살아나 네 시냅스를 건드린다 건드리기 시작하였다 발 빠른 뉴런들이 개개의 비밀번호를 입력시켜 암호를 풀기 시작한다 피직 피직 피지직 가지마다 급하게 돌기가 솟는다 당신이 지금 무엇을 보고 듣고 느끼느냐에 따라 당신의 뇌는 다르게 변한다 『당신의 뇌는 당신이 알고 있는 것보다 더 많은 것을 알고 있다』* 완만한 흐름을 타던 네 신경회로에 비상등이 켜지고 더욱 밀도 높은 산소 공급 요망의 글귀가 껌벅거리고 있다 네 감각기관에 급류가 흐른다 금세 검붉어진다 수상돌기가 수상돌기를 만나 통전하자 꼬리에서 발전된 충격이 일순간 피라루쿠 가슴지느러미 사이를 뚫고 공중으로 치솟았다가 걷잡을 수 없는 힘으로 강물을 쪼개고 들어가 그 큰 몸뚱이에 일침을 꽂는다 그대로 꼼짝할 수가 없다 전파의 잎새들 무성히 피어난다

* 피라루쿠 : 경골어의 일종으로 큰 것은 5m나 되는 것도 있다.
* 윤영화 작(학지사).

안양 1989년

피곤에 지친 버스가
삼원극장 앞을 지나
흔들리며 온다
멀리 공장의 굴뚝에선
검은 연기가 토악질을 해대고
사람들은 제각각 말이 없다
어디서 왔는지
주민등록번호도 모를
산나리꽃이 떨어져
1번가에서 지하상가로
중앙로에서 남부시장으로
발부리에 채이며 거리를 헤매는데
며칠간이나 잠 못 들었는지
고향 잃은 달
얼굴 누렇게 떠 있는 사이로
가물거리는 네온사인
그 뒤로 교회 십자가
낮아져 골목길을 누빈다

인간관계는 훈련이 필요하다

양수리 아스팔트 미끈한 차로를 벗어나 좁은 흙길로 꺾어들며 우리는 꼬불꼬불한 길을 따라 오솔길 산장으로 간다 차 한 대 겨우 지나기도 어려운 길에 건너편에서 차가 온다면 어찌 되는 것일까 조마조마하던 마음은 어둑해지기 시작하는 주위와 함께 곧 가라앉고 계속 산길을 오르다 보니 두 갈래 길이 나온다 아무 표지판도 없고 야단스럽지 않은 길을 택해 그 길 끝까지 오른다 제대로 찾아든 모양이다 오솔길 산장은 호젓이 앉아 있다가 우리를 반긴다

인간관계는 훈련이 필요하다 우리는 빙 둘러앉아 각자 마음의 창을 열기 시작하려다가 이것만은 반드시 지키자며 약속을 정한다 첫째 솔직하게 자신을 내어 보이고 적극적으로 참여한다 둘째 다른 사람이 자신을 표현할 때는 진지하게 경청하고 수용하며 도와주려고 노력한다 셋째 지금 여기에 초점을 두며 느낌에 강조점을 둔다 넷째 정직한 피이드백의 교환에 힘쓴다 다섯째 집단 안에서 일어난 사건이나 개인의 신상에 대해서는 외부에 누설하지 않는다 우리는 먼저 각자의 별칭을 정했다 이제부턴 그게 이름이다 완두콩, 쎄인, 다래, 돈키호테, 하늘, 장자방, 새롬, 가시나무새, 송이, 마돈나, 배군, 나무… 우리들은 생애도표를 그려본다 현재를 적당한 위치에 표시하며 만족스러웠을 때 그리는 상향곡선은 어디쯤에 멈추고 불만스러웠을 때의 하향곡선은 경사가 어느 정도인가? 완두콩의 어린 시절은 하향곡선이다 쎄인은

죽고 싶었던 순간에서 멈춘 채 눈물을 글썽인다 다들 하나
가 되었나 조용하다 나무가 자칫하면 사라졌을지도 모르는
자신의 존재 탄생에 대해 감격을 하고 있는 사이에 밤은 골
짜기를 건너 벌써 건너편 산 중턱을 넘고 있다 그 위로 흰
망사를 걸친 달이 훤히 속을 드러내놓는다 싶었는데 새침데
기 같던 가시나무새가 장황하게 신변을 얘기하기 시작한다
말하다 말고 울먹이기 시작한다 인간관계 훈련은 사람을 변
화시킨다

배군이 빈 의자와 대화를 시작한다 아버지를 죽을 때까지
용서할 수 없다고 무덤덤히 말하는 배군의 한쪽 다리가 미
세하게 떨리고 있다 마돈나는 별거 중인 남편이 목에 걸렸
는지 빈 의자만 하염없이 바라보다 뒷말을 잇지 못하고 밤
은 이미 건넛산을 한참이나 넘어간 모양이다 푸름푸름하던
사방이 뽀얘지며 는개가 내리고 있다

우리는 푸석한 얼굴들로 인사를 나누며 구절초가 막 봉오
리를 달기 시작하는 산길을 따라 삼삼오오 오솔길 산장을
내려간다 우리들 어깨를 타고 재잘거리는 꽃봉오리도 함께
오솔길을 내려간다 각자의 가슴에 소중히 맺히는 인간관계
꽃봉오리

마른번개

하늘이 전율하였습니다
청각보다 먼저 호흡하는
촉각이 들판을 긋고 지나갔습니다
앉은뱅이 산들이 일시에 일어서고
나무들은 플러스극을 찾아
번제를 준비하고 있었습니다
수천 개의 날개가
순식간에 타들었습니다
그러도록 하늘은
울음을 깊숙이 삼켰습니다

시계

레일 위를 달음질치는
기차
그 규칙적인 바퀴 소리가
나를 향해 달려온다

아,
나는 초침에 깔려
오늘도 죽는구나

길을 찾아 떠났던 날의 기억

땅이 혼돈하고 공허하며 흑암이 깊음 위에 있고
하나님의 영은 수면 위에 운행하시니라 −창 1:2

모든 길들이 그믐밤처럼
지워지고 있었다
빛의 교신은
이미 끊긴 후였다
비와 비 사이 촘촘하고 좁은
그 간격만 열어놓고 있을 뿐
거칠게 내리꽂는 빗발들
암흑을 부풀리고 있었다

비 사이를 비집고 들어가
사라진 길을 구불텅구불텅
찾다가 발목까지 휩쓰는 황톳물
완강히 거부하며
흙벽을 허물고 뛰쳐나왔다

조금씩 멀어지기 시작하는 구름이
숲의 머리칼들을 올올이
빗어 올리고 있었다

가까이 풀들은 몸을 눕혀
물길을 내어주고
몸이 흐르는 방향으로
길을 트는 풀들의 저 순함
내 보잘것없는 살가죽도
낮게 낮게 수그러들어
물길을 만들고 있었다

딸아, 늦은 밤 너를 클릭한다

가슴에 빵빵하게 바람을 채우고
다이달로스로부터 벗어나 먼 태양을 갔어요, 새벽
1시 2시 3시까지 어둠을 더블클릭하자
거주지를 잃었던 내 몸짓의 음절들이
제대로 주소지를 찾아들었어요
휴지통에 구겨 버려진 부스러기들마저
다시 내 방으로 이동시키고
미래진행형의 퍼즐을 맞추었어요, 순간
끙끙대며 압축기 속에 숨죽이고 있던
꿈의 JPG파일이 살아났어요
칠보 홍안을 하고 양손 흔들며
수줍게 걸어나왔어요

엄마한테 첨부파일 보낼게요
열어 보세요

받은 편지함 가득한 네 허물 벗음의 아우성들
작은 구멍 매일 부리로 쪼아대며
세상 집을 빠져나갈 궁리를 하던 너
몸을 일으켜 심야의 날줄 씨줄을 날아
마침내 보이는구나 교차점에서 날아오르는 너
너를 태운 꿈의 날개 눈부시구나

그날이 오기까지

시골 할머니 댁에 갔다가 마룻바닥에서 굴러다니던 흙 묻은 씨앗 하나를 집어 들고 유심히 살펴본 적이 있다 자주색 같기도 하고 짙은 갈색 같기도 한, 이 단단하면서도 작은 씨앗의 속 얼굴은 무엇일까? 누구도 내게 가르쳐 주지는 않았다 나는 갑자기 씨앗의 본모습이 보고 싶어졌다

사람이 태어나서 자라고 어떤 가면으로 살다가 다시 흙이 될 때 어떤 진실의 영혼일지는 끝까지 가 봐야 아는 법, 물과 산소를 흡입하며 수많은 뇌세포들은 미궁 속을 헤매기도 하고 자신을 몰라 더 깊은 땅속에 안테나를 박으며 초조해하기도 한다 시행착오 연습은 그래서 필요하다

아직 막바지까지 나는 다다르지 않았다 어둠 깊이 뿌리를 더 내리고도 천상에서 들려오는 노래를 감지할 정도가 된다면 그땐 어떤 형태로든 내 자신을 들여다볼 수 있게 되겠지 내 삶에 빗금을 치며 나는 오늘도 시행착오 연습을 한다

어떻게 지내고 계세요
―'열린 감각'* 속으로의 여행

위장 양호해 보이는 것 들리는 것 다 잘 소화시키거든

혈압 정상이야 미워함 사랑함의 수치가 균형을 이루고 있어

엔돌핀 다량 방출 중―숲의 분노가 치사량에 이르렀어 즐거
운 통증의 극치야

감각기관 정상 작동 중―예리한 무관심에 찔려 저주파 진동
온몸에 금방 전달돼

보다시피 잘 지내니 걱정 마 기운 팔팔한 순종이 언제나 고개
숙이고 살거든

* 열린 감각 : 다이안 애커만 작(인폴리오 출판사)

사랑 익히기

오래 지나올수록 잘 썩혀진 어둠만
옹기 속에서 익어가는 법
적당히 밀고 당길 줄 아는 끈적임과
흐르지 않을 만큼의 습기와
옹기의 무게에 견줄 만한 묵직함으로
그렇게 완성된 사람이라야
그렇게 오래 묵은 친구라야
그렇게 삭히고 삭힌 사랑이라야

꽃몸살

도심을 돌아나온 어스름이
나무들 사이로 미끄러지고
봄은 더 깊은 기슭을 찾아든다
발자국 소리에 깨어나는 숲
잎들은 제 몸 흔들다가
꽃몽우리 몽울몽울 꽃몸살 일으키다가
뿌리가 땅 위로 기어나오고 있었음을,
급기야 밤하늘 한가운데에 피어오르는 달무리
숲은 더욱 부드러워지고

소나무 아래
솔잎 사이로 자꾸만 달이 나를 찾는 밤
어느새 더 짙어진 봄이 나무들 사이로 걸어나와
제 향기 부풀리고 있다

어두워진 숲
내 몸마저 어두워지는 봄밤

이성에게

단세포동물이 돼 봐요
단순함이 우리를 자유케 해요

자유로움의 전용차로를 달려 보세요
그 끝에 이어지는
보이지 않는 집이 보이나요?
대지 빼곡히 들어찬 8월

그 뜨락엔 감각이 한창 피어나고 있을 거예요
향기로운 햇빛을 흡입해 보세요
무한대까지 팽창하는 모세혈관이 보이나요?

달콤한 언어들의 숨바꼭질
잠재의식 속으로 떨구어진 감각세포
한 마리 짚신벌레의
몸을 느껴 보세요

감성으로부터

제3부

그리움

오늘도 어김없이 놀빛은
나의 언저리 봉선화물 들이는데
저 미루나무 쉼없이 흔들리며
밤새 몸살 앓는구나

비

깊은 밤
잎의 감성을
똑똑 두드리는 이
누구인가

슬픈 安住

뚜껑이 닫힌 유리병 속에
늘 안주해요
그것이 슬픈 노래인지도
알지 못해요

깊은 강물 헤엄쳐 나오거나
꼭대기에 높이 올라서거나
아무런 수고도 필요 없어요

그대가 나의 심장까지
투명히 볼 수 있듯
유리 밖으로
빤히 보이는 그대지만
그대에게 갈 수는
더욱 없어요

혼은 혈색을 잃었어요
얼마 남지 않은 산소만이
사그라드는 촛불을
태우고 있어요

뚜껑을 열어주세요
유리병 가득
그대를 담아 마시고 싶어요

다시금

터 한가운데 돌단을 쌓고
둘러 가장자리엔 도랑을 만든다
내게서 빼낸 욕심 부스러기들
도랑 안에 채워두고
나뭇가지 몇 벌여놓은 위로
나의 죄 각을 떠 얹는다
가득 차오르는 슬픔
뿌리에서 솟은 물은 돌단을 적시고
흘러 도랑을 굽어돈다
어둠의 빛들 서성이는데
오, 주여 나를 받으소서
약해진 마음 붙들어
아직도 사랑하고 계심
작은 자가 알게 하소서
젖은 마음을 태운다
나무와 돌과 물과 흙
눈물 젖은 죄까지 온전히 사른다

쓰러진 나의 희망을 추슬러
다시 곧추세우려는

책의 숲을 거닐던 날

　오래된 나무 뿌리의 냄새가 보이다가 타다 남은 잿가루의 무덤이 들리다가 사랑의 은유가 코를 간질이기도 하다가 바람결을 흔드는 그리움이 말을 타기도 하다가 어느 임종 곁에 앉은 바이올린 향기 따라 어떤 외로움이 두 세기를 건너와 내게 몸을 기대기도 하다가 그래서 혼자 있음의 달콤함을 즐기다가 방랑을 꿈꾸기도 하다가 마침내 모두일 수 있음의

그대에게 쓰는 편지

몇 번째의 겨울인지요
그대 떠난 자리로
몇 개의 야윈 달이 떴다간 졌습니다
오늘따라 나는 창가에 바짝 다가앉습니다

바람의 몸이 투명히 보일 때까지
나는 미동할 줄을 모릅니다

세상의 모든 귀들이
잦아드는 숨소리 듣고 있습니다
그대에게도 들리는지요
마지막 남은 저 이파리
서걱거리며 쓰는 편지

보고 싶다는 말만 쓰고 싶습니다
돌아오라는 기도만 매일 올립니다

첫눈 쌓인 안마당을
그대 발자국 찍으며 들어서는 날
푸르스름한 새벽 준비해 두고
밤새 서 계시던 주님
맨발로 뛰쳐나올 것입니다

창밖에 나무 한 그루
자꾸만 목이 길어집니다

겨울산

그곳에 지은 집의 이름은
그리움

땅속으로만 오가는
사랑이란 놈이
살고 있어

얼음을 부둥켜안고서도
산 뿌리엔 불붙었나

맞아 겨울산은
이미 땅속 축제를 열었어
숨어서 더욱 슬퍼지는
그리움이 화려해

사랑

오월 장맛비 속에
집 두 채가 강을 사이에 두고
마주보고 있다

—부손—

강물 속으로 보이지 않는 손이 들어간다
강바닥을 가로질러 빠르게 물을 건넌다
창문에 호롱불이 꺼진다

引力

여행 중에 병이 드니
꿈속에서 온통
마른 들판을 헤매 다니네
                    -바쇼-

들판 구석구석 함께 살림 살던
들풀 모기 매미 서리 가을바람
그대를 원해 찾고 있으니…

떠돌이별 찾다

은하계 어디에서
기다리고 있는가
나의 떠돌이별은
—이싸—

가을 달빛이 신호를 보내준다
황금 호수가 쏟아진다
그와 접속된 순간

봄비

이희복 시집

이렇게밖에는 말할 수가 없어요
긴 침묵 끝에
겨우 입술을 움직여 당신께 가요

겨울은 끄떡도 하지 않았어요
건드리기조차 두려웠지만
때가 되니 당신도 무너지더군요
당신의 가슴을 열고 보니
거기에도 빗물은 흐르잖아요

우리들 노래는 결국
조용히 우는 것이었어요
어둠은 무한한 가능성의 불, 그것임을
숨 죽여 울고 있었던 것이었지요

더 이상 말할 필요 없어요
구석구석 적신 몸
한 줄기로 흐르면 그뿐
더 이상의 말은
필요치 않아요

21세기엔

20세기 인류 최대의 뉴스는
나가사키 히로시마에 원폭 투하,
2위는 인간의 달 착륙
　　　　-1999. 2. 25 M 라디오에서-

지구에서 멀리 떠나
인류를 떠나
자기를 떠난다
가라 20세기여

지구로 돌아와
사람이 그리워
다시 흙과 한 몸 이루는
뿌리가 돼 살라
21세기엔

버리며 가는 길

멀리 고지가 아득하다
깃발 가끔씩 흔들며 희미한 빛을 내고 있는
너는 보이지 않는 수천 미터의 실을 풀어
나와 연결시켜 놓았다
아무도 볼 수 없는 실을 따라
너를 향해 발걸음을 떼놓는다
풀숲의 가슴을 밟아 바람으로 날아
내 딴딴한 사랑을 치대며 간다
안전지대에 보호 받으며
넌 그대로인데
내 작은 보폭으로 네게 다가가기란
너무나도 멀다
뒹굴다 나무 뿌리에도 걸리고
삭막한 모래 속도 헤매다가
빤히 보이는 널 두고, 나는
영원 속으로 침잠해 버릴지도 몰라
다시 허리를 비튼다
비틀린 허리춤 따라
잔디가 비틀리고, 나무가
바람이, 구름이
비틀림의 끝마다 나를 버리며 간다
너와의 거리가 멀지 않다
팽팽히 당겨지는
끈

마음이 상한 자를 고치시는

계단을 오른다, 거기
누군가를 기다리는 다락방이 있다
문을 두드리고 들어가
작은 몸을 더욱 낮춘다
무릎 꿇는 소리 바닥에 깔린다
주님 저 여기에 왔습니다
고 고하자, 사방 막힌 벽 사이를 뚫고
살랑바람이, 마주 댄 손바닥 안으로
햇살이 부드럽다

감긴 눈자위가 뜨거워지고
상한 마음이 흘러내린다
갑자기 인적 뜸한 산
옹달샘 하나가
다락방 문을 열고 들어와 앉는다
쿨렁쿨렁 움직이기 시작하더니
넘쳐난다 펑펑 쏟아진다
주님 아직입니까? 아직 아닙니까?
왼 가슴이 울부짖는다
어깨가 턱이 심하게 흔들리고
성경책 갈피가 흥건히 젖는다
활자들이 흐려지더니
예레미야가 구덩이에서 살아나다

성경구절 글씨들이 건져 올려진다
어느새 아이가
내 곁에 다가와 무릎 꿇는다
엄마 나 기도할게요
아이의 얼굴이 평온하다
주님 감사합니다 지금이지요!
이제 때가 온 거지요!

詩書展 풍경

그의 독법이
급소를 찌르고 있다
정확한 공격에
하나 둘 쓰러져 나가는 시인들
강타 당한 행간에서
혼의 향기 뭉클뭉클
일백 송이 피어오르고 있다
금세 전시장 안이 차고 넘쳐
문틈으로 기어나가는 묵향 몇 보이고, 그 뒤로
마로니에 공원에 잠자코 서 있던 은행나무
슬그머니 문을 밀고 들어온다
시어들 인사를 건네고
늦가을에 쓰는 시 몸의 묵서들

고풍스런 가을 속으로
황홀이 자리를 뜬다

마음이 말하다

마음 깊이 계단을 밟아 내려갑니다
겸손히 무릎 꿇는 시간

오, 주님 용서하옵소서
글썽이는 눈물 속에
3천 년 전 다윗의 기도
야윈 볼을 타고 흐릅니다
"여호와여 내가 수척하였사오니 나를 긍휼히 여기소서
나의 뼈가 떨리오니 나를 고치소서"

겉옷 다 적시며
나를 쳐 복종하는 시간
그분 음성 들려옵니다
나를 감싸는 보드라운 손길

천상에 사닥다리를 놓습니다
두 눈 꼭 감고 믿음줄 타고 오릅니다
언제나 온화한 미소로
주님 거기 계십니다, 기도 시간에

푸른 고백

물방울입니까
젖은 감나무 잎에 고인 거기서
당신의 세상을 보았단 말입니까
제 어린 날 처마 밑에서 지던
빗방울의 단조로움을 읽었습니다

나뭇잎입니까
바람없이 흔들리는 잎사귀에
골짜기가 숲이 함께 흔들렸단 말이지요
두통을 앓던 나의 나무가
문득 가슴에서 힘없이 쓰러졌습니다

말 한마디입니까
말이 현실로부터 당신을
상상력의 간이역들로 데려다 주었다고요
낱말 하나에 온밤을 지새우는
상상력은 암세포로
이미 내 몸에 퍼질 대로 퍼졌습니다

당신의 열린 몸속으로
밑줄 그으며 들어갑니다
당신의 날숨 음미하다가 어느새
들숨으로 피 섞으며

뜨거운 기도의 밤

꽁꽁 얼어붙은 나를 녹이러 간다
너의 무관심에 조금씩 동사해 가는
혈관을 녹여주러
팽창하는 푸른 피 달래러 간다
무엇보다 가장 중요한 이유가
딱 하나 있기는 하다
내 안에 열을 압축해 저장하기 위함이다
두터운 얼음장을 뚫고 나오는 꽃,
복수초의 엄청난 그 열기
그만한 에너지를 전수하기 위함이다
그리하여 날 붙든 저 동토의 무관심에도
덩달아 뜨거운 땀이 흐르고
급기야 열꽃이 피어올라
나의 계획이 금방 발각되고야 말
마침내 우리 하나가 되어야 할
그 시간 그 자리,

그리움

가슴 빈 자리 깊은 곳
촛불 하나 밝히고
기인 편지를 쓴다

오늘도 어김없이 놀빛은
나의 언저리 봉선화물 들이는데
저 미루나무 쉼없이 흔들리며
밤새 몸살 앓는구나

언제쯤이나 될까
그리움의 큰 못 하나
가슴에 쿵하고 박던 그대
맨발로 뛰쳐나가
맞아들일 그날은

품고 싶다
여윈 뼈 으스러지도록 품고 싶다
눈자위 적시는 물기
그 속에 비쳐드는
한 줄기 詩心이여

촉촉이 젖은 감성 한 덩이
건져낸 가슴속엔

촛물만 흥건히 고여 굳은 채
나는 또 기나긴 편지
쓰고 또 써 내려야 하리

단숨에

그대와의
직선 거리

1cc의 숨소리마저 잡아떼어
마루판 밑에 깔아두고

순간의 바람 몰아
바다,
강,
내를 건너
줄달음쳐 오세요

왼손으로 받쳐 든
지구만한 그대 사랑

15파운드짜리 보울로 단단히 뭉쳐
보우르르르르르
굴리세요

내 각 진 세모 가슴
열 번씩이나 무너지며

그대 커다란 사랑알을
목구멍 깊이 넘겨요
바닷물 쏟아져 들어요

사랑, 혹은 구도자의 시법
—『더 사랑하기』의 시세계

김대규(시인)

　한 권의 시집 속에는 그 시인만의 시법과 주제의식이 아우러져 있게 마련이다. 누군가는 전자에 능하고, 누군가는 후자에 강하다. 전자와 후자가 양분되고 있는 경우도 있다. 이 시집이 바로 그러한 예다.

　이희복의 『더 사랑하기』를 통독한 사람은 누구나 저자가 기독교적 신심에 깊이 젖어 있음을 알게 된다. 55편의 시 가운데 이에 관련되는 것이 10여 편이나 된다는 것은 그리 적은 분량이 아니다. 그렇다고 또한 누구나 이 시집을 종교시집이라고는 말할 수 없을 것이다. 일반적인 시들과 함께 확

연히 양립하고 있기 때문이다. 종교시는 주제성이 강하기 때문에 쉽게 드러난다.

따라서 『더 사랑하기』의 시세계를 논함에 있어 이에 관한 시들을 먼저 살피는 것도 '하나님'이나 저자의 작의作意에 대한 배려가 아닐까 생각한다.

1. 기도의 시법

계단을 오른다, 거기
누군가를 기다리는 다락방이 있다
문을 두드리고 들어가
작은 몸을 더욱 낮춘다
무릎 꿇는 소리 바닥에 깔린다
주님, 저 여기에 왔습니다
—「마음이 상한 자를 고치시는」에서

위 예시에서처럼 『더 사랑하기』의 기독교적 시편들은 '기도의 시'이다. 나는 비신자이기에 기독교의 본질을 설파할 수 없지만, '기도'란 각자가 하나님과 만나는 시간이다. 기도하는 자세는 경건하고, 기도하는 마음은 은총이 넘친다.

나무는
반짝이는 기도를 키우고 있습니다

(중략)
세상의 모든 귀들이
점점 커집니다
길이 자라는 소리
누군가 나무에 귀 대고
듣는 중입니다, 쉬잇
―「나무의 길」에서

　기도하는 마음의 눈으로는 삼라만상이 다 경배의 모습이
다. 그 가운데에서도 자연이 제일이요, 자연 가운데서도
‘나무’가 제일이다. 잎을 다 떨궈내고 한겨울 홀로 우뚝 서
있는 나무의 모습은 성자를 연상시킨다. ‘누군가 나무에 귀
대고/듣는 중입니다, 쉬잇’이라는 문맥에는 기도의 경건성
이 짙게 은유화되어 있다. ‘쉬잇’이라는 한마디에 세상의
모든 입들은 닫히고, 마음 자세를 가다듬게 된다.

　종탑에 걸린 노을이
은빛 찬양처럼 몸을 떠는 시간
가슴 한켠에
촛불을 켭니다

주여!
이 가을에
아직 사계가 끝나지 않음을 감사하고

저녁나절
아직도 남은 햇볕을
감사할 줄 앎을 감사합니다
―「가을기도」에서

　기도의 본질은 감사다. 가을은 감사의 계절이다. 겨울을
예비한 일용할 양식과 추위를 피할 집이 있음을 감사하고,
아직은 남아 있는 따뜻한 햇볕, 곧 죽음인 겨울에 앞서 살아
있는 생명을 감사하고, 살아 있음으로 감사할 수 있는 존재
에의 자각을 더욱 감사한다.
　가을 노래는 시인들의 제일의 화두였다. 그래서 릴케는
남국의 햇볕을 '이틀만' 더 비추게 해 달라고, 횔덜린은 가
을을 '한번만' 더 달라고 기원했다. '주여!' 라고 하지 않아
도 가을엔 누구나 기도자가 되게 마련이다. 「가을 기도」는
기독교인 여부를 떠나 마음을 움직이게 하는 시다. 그러나
기도에 항상 감사만 있는 게 아니다.

보잘것없는 모습
어디엔들 쓰일 곳이나 있으랴
그래도 이 모습 이대로 필요하다면
뿌리부터 완전히 뽑힐 일이다
가장 무가치한 가지지만
가장 강하게 쓸 수 있게
나를 쳐 부러뜨릴 일이다

　내 모습일랑 보이지 않게
　성령으로 덧씌울 일이다
　아무도 눈치 채지 못하게
　숨 딱 멈추고 있을 일이다
　못 박음 없이 맨살로
　그대로 종이 될 일이다
　―「숨 딱 멈추고」에서

　자기 고백적인 기도문이다. 감사가 아니라 결연한 순교자의 의지다. 그런 만큼 가장 기독교적이라 할 수 있다. 이희복은 또 '나뭇가지 몇 벌여놓은 위로/나의 죄 각을 떠 없는다'(「다시금」)고 하고, '눈물 젖은 죄까지 온전히 사른다'고 한다. 정화淨化 의지의 구현이다.

　천상에 사닥다리를 놓습니다
　두 눈 꼭 감고 믿음줄 타고 오릅니다
　언제나 온화한 미소로
　주님 거기 계십니다, 기도 시간에
　―「마음이 말하다」에서

　스스로 죄를 불사뤄 버린 사람의 기도에는 언제나 주님이 응답하신다. 속세의 허물을 그대로 안고 사는 사람들도 자신의 기도에는 주님이 응답하신다고 착각한다. 그 착각이 바로 '속중의 아편'이다. 이희복의 기도는 그와는 한참 멀

다. 그 먼 거리를 시가 메워주고 있기에 더욱 잘 받아들여
진다.

2. 그리움의 시법

이희복은 크리스천으로서 하나님을 경배하고, 시인으로
서는 그에 못지않은 그리움을 앓고 있다.

언제쯤이나 될까
그리움의 큰 못 하나
가슴에 쿵 하고 박던 그대
맨발로 뛰쳐나가
맞아들일 그날은
―「그리움」에서

우리는 이와 같은 시구를 대하면 '그리움의 큰 못 하나/가
슴에 쿵 하고 박던 그대' 에서 '그대' 의 구체적인 존재에 대
해 논픽션적인 궁금증을 키우게 마련이다. 그러나 『더 사랑
하기』의 어느 곳에서도 그 사랑의 대상은 구체적으로 드러
나 있지 않다. '그대' 가 사랑의 대상임에는 틀림없으나, 이
시집 속에서 그것은 하나님일 수도 있고, 시일 수도 있고, 자
연일 수도 있게 읽혀지게 되어 있다. '그대' 가 있음으로 해
서 시와 자연을 노래할 수 있는 것이다. 그러한 대상에 대해
시인은 '너와의 거리가 멀지 않다/팽팽히 당겨지는/끈' (「버

리며 가는 길」)이라고 관계의 인력引力을 거듭 강조한다.

　　그곳에 지은 집의 이름은
　　그리움

　　땅속으로만 오가는
　　사랑이란 놈이
　　살고 있어

　　얼음을 부둥켜안고서도
　　산 뿌리엔 불붙었나

　　맞아 겨울산은
　　이미 땅속 축제를 열었어
　　숨어서 더욱 슬퍼지는
　　그리움이 화려해
　　　―「겨울산」 전문

　가슴속에 그리움이 뒤끓듯, 겨울산은 봄의 축제를 위한 불을 내장하고 있음을 비유한 시다. '숨어서 더욱 슬퍼지는 /그리움이 화려해' 라는 모순형용이 사랑의 속성을 더욱 잘 나타낸다. 겨울산을 노래했으되 실은 봄을 위한 시다.

　도대체 이 봄날은

누가 열었기에 이리 왁자한 걸까
하늘에서 내려준 줄 놓치지 말라는
하나님 말씀 천상에서 들려와
개구리 울음소리 떼로 피어난다
―「소풍날」에서

소나무 아래
솔잎 사이로 자꾸만 달이 나를 찾는 밤
어느새 더 짙어진 봄이 나무들 사이로 걸어나와
제 향기 부풀리고 있다
―「꽃몸살」에서

몇 해 만인가
수북이 쌓인 먼지 속을 헤집고
봄을 꺼내어 닦는다
―「이사」에서

『더 사랑하기』에는 10여 편의 봄노래가 있다. 이희복은
일단 봄의 시인이다. 그러나 그것이 계절의 봄만이 아님은
자명하다. 하나님의 봄, 자아 성찰의 봄, 생활의 봄, 그리움
의 봄, 희망의 봄, 기다림의 봄, 꿈의 봄…, 한마디로 사람의
봄이랄 수 있다.
　이희복의 그리움의 노래들에 있어 빼놓을 수 없는 특징은
수성분水性分의 시어들이 주조를 이룬다는 것이다. 예컨대

이러하다.

- 눈물 젖은 죄까지 온전히 사른다(「다시금」)
- 젖은 마음을 태운다(「다시금」)
- 깊은 강물 헤엄쳐 나오거나(「슬픈 安住」)
- 그대를 담아 마시고 싶어요(「슬픈 安住」)
- 그들의 눈물에 감사하고 있었다(「하나님은 그 마을만은 남겨 두신다」)
- 땀방울인지 눈물인지 모르는 내 것도/잿빛 구정물에 떨어져 섞이고(「하나님은 그 마을만은 남겨 두신다」)
- 바다 깊숙이 작은 몸집을 내려놓고(「가시곰벌레」)
- 황금호수가 쏟아진다(「떠돌이별 찾다」)
- 거기에도 빗물은 흐르잖아요(「봄비」)
- 강물 속으로 보이지 않는 손이 들어간다(「사랑」)
- 물방울입니까/젖은 감나무 잎에 고인 거기서(「푸른 고백」)
- 순간의 바람 몰아/바다,/강,/내를 건너/줄달음쳐 오세요(「단숨에」)
- 멀어질수록 가까이 다가오는 파도/가까이 왔다 다시 멀어지는 바다(「황소²」)
- 바람은 물이 되고/물과 섞이는 하늘(「수채화 몇 점」)
- 곱던 얼굴에 강줄기 흐른다(「모과 향은 더욱 짙어지고」)

이렇게 예거하자니 끝이 없을 듯싶다. '물'은 생명의 근

원으로서, 수성분의 시어들을 다용한다는 것은 그만큼 생명
사랑감이 충일하다는 것이요, 그만큼 인간애의 감성이 넘쳐
난다는 것이다 인간애의 감성의 중심을 점하고 있는 것이
바로 '사랑' 이다.

> 강물 속으로 보이지 않는 손이 들어간다
> 강바닥을 가로질러 빠르게 물을 건넌다
> 창문에 호롱불이 꺼진다
> —「사랑」 전문

> 그대 커다란 사랑알을
> 목구멍 깊이 넘겨요
> 바닷물 쏟아져 들어요
> —「단숨에」에서

위는 물을 통한 사랑의 교접을 고급스런 기교로 암유한
시이다. 이희복은 이렇듯 수성의 사랑의 시인이다. 수성의
시인이라서 항상 시들을 감성의 물로 키워 생동하는 시, 살
아 있는 시이게 한다.

3. 의인화의 시법

이제 이 글은 어느 시집에서나 가장 중요한 시적 성과에
대해 이야기할 차례가 되었다. 우선 다음의 예시를 보자.

말 한마디입니까?
말이 현실로부터 당신을
상상력의 간이역들로 데려다 주었다고요
낱말 하나에 온 밤을 지새우는
상상력은 암세포로
이미 내 몸에 퍼질 대로 퍼졌습니다
　　　　―「푸른 고백」에서

이 단락만을 떼어놓은 詩 읽기는 '상상력의 간이역'이나 '낱말 하나에 온밤을 지새우는' 과 같은 대목들로 해서 '당신' 을 '詩' 라고 읽게 한다. 따라서 '상상력은 암세포로/이미 내 몸에 퍼질 대로 퍼졌습니다' 에서는 저자가 그 얼마나 詩作에 몰입해 왔던가를 알 수 있게 해 준다. '암세포' 란 악성의 종양이 아니라, 시에 대한 열망감의 만연을 뜻한다. 이렇듯 이희복의 시심은 평범을 넘어선 것이다. 시인 자신은 이를 이렇게 읊고 있다.

품고 싶다
여윈 뼈 으스러지도록 품고 싶다
눈자위 적시는 물기
그 속에 비쳐드는
한 줄기 詩心이여
　　　　―「그리움」에서

그리움의 대상을 '여윈 뼈 으스러지도록' 품을 수 없는 서글픔의 눈물 속에 '詩心'이 비쳐든다는 것은, 그 슬픔과 詩가 동격이라는 것이며, 詩로밖에는 그 서글픔을 위로받을 수 없다는 뜻이겠다.

『더 사랑하기』를 읽으면서 '레일 위를 달음질치는/기차/그 규칙적인 바퀴 소리가/나를 향해 달려온다//아,/나는 초침에 깔려/오늘도 죽는구나' (「시계」)와 같은 직설적 비유나, '깊은 밤/잎의 감성을/똑똑 두드리는 이/누구인가' (「비」)와 같은 서정성, 그리고 '여럿은 여럿이 아니다/혼자는 혼자가 아니다' (「숲」)와 같은 형이상학성의 시법들을 만나기도 하고, 「이사」라는 시에서는 '장식장의 그리움과/윤나는 헤맴/다락방 속의 외로움은 따로 싼 후/ '취급주의' 라고 써 붙인다' 와 같은 빼어난 시구도 다수 접할 수 있다. 하지만 내가 인지하는 이희복 시의 주도적인 시법은 '의인화'이다.

지극히 상식적인 얘기지만, 의인화란 앞에서 예시한 「비」라는 대상을 '깊은 밤/잎의 감성을/똑똑 두드리는 이/누구인가' 라고 '사람' 의 행위처럼 묘사함으로써 시적 화자의 정서까지를 표출시키는 수사법이다. 이제 그 대표적인 예들을 제시해 보겠다.

곡우 지나 맑게 갠 날 아침
꽃들이 무리지어 소풍을 나왔다

햇빛이 구령을 붙이자
고만고만한 흰 모자의 애기별꽃들
와글와글 섞이어 섬돌을 오르고 있다
―「소풍날」에서

흑백의 차량들이 어딘가로
꽃뱀 기듯 빠져나간다
지하도에서 주춤거리던 웃음도
계단을 오르더니 힐끗힐끗
걸음을 옮겨놓는다
―「오후 4시의 햇살은 슬로비디오로」에서

멀리 공장의 굴뚝에선
검은 연기가 토악질을 해대고
사람들은 제각각 말이 없다
―「안양, 1989년」에서

마로니에 공원에 잠자코 서 있던 은행나무
슬그머니 문을 밀고 들어온다
시어들 인사를 건네고
늦가을에 쓰는 시 몸의 묵서들
―「詩書展 풍경」에서

의인화는 모든 사물을 살아 있게 한다. 이런 의미에서 시인이란 만물에 생명을 불어넣는 사람이다. 신화가 그 원천임을 생각할 때, 시인이란 인류 조상의 상상력을 가보로 간직하고 있는 것이다. 이희복도 그 후예로서 이를 적극 활용하고 있다. 그렇다면 다음과 같은 단시는 어떤가.

도시의 뱃속을 돌며
역마다 각종 영양분을 부린다
—「지하철」 전문

동시 같은 발상법이다. 어린아이들일수록 의인화에 명수들이다. 그러나 '도시의 뱃속'은 일단 의인화이지만, 하차하는 승객들을 '영양분'이라고 했으니, 이는 의인화의 뒤집기, 곧 사람이 사물화되는 형태다. 나는 이를 '의물화擬物化'라고 부른 일이 있다. 의물화 역시 시적 묘미를 더해 준다.

의인화나 의물화의 심리적 근저에는 신이 창조한 만물 사랑의 사념이 깔려 있다. 그만큼 사랑의 지경을 우주 만물에까지 넓히는 상상력의 극치를 보여준다 하겠다.

지구에서 멀리 떠나
인류를 떠나
자기를 떠난다
가라 20세기여

지구로 돌아와
사람이 그리워
다시 흙과 한 몸 이루는
뿌리가 돼 살라
21세기엔
―「21세기엔」 전문

문명비판적인 거대 담론의 시다. 달, 화성, 목성 등의 우주 탐사를 가능케 한 과학문명의 발달이 급기야는 핵폭탄과 같은 인류 절멸의 무기 개발로 이어져 지상에서 생명을 찾아볼 수 없는 상황을 만들지 않겠느냐는 경고의 시다.

지구는 전 인류의 본향이요, 사람이 사람을 그리워하는 것은 사랑의 원천이요, 흙은 생명의 본향으로서 그 원초적인 순수성의 인간애를 수호하자는 것이다.

시는 주장이나 선언은 아니로되, 시인이 경고를 해야 하는 시대는 결코 행복한 시대가 아니다.

나는 지금까지 『더 사랑하기』의 시편들을 기독교, 그리움, 의인화의 덕목들을 중심으로 살펴보았다. 그리고 무엇보다도 이희복 시인이 기도나 사랑이나 시에서도 '구도자적' 인 자세로 임하고 있음을 인지했다.

그러나 이렇게 쓰고 나서도 뇌리에서 떠나지 않는 것이 기도의 시들이다. '종교' 라는 테마의 하중 때문이리라. 이희복은 기도를 통하여 끊임없이, '오, 주님 용서하옵소서',

'주님 저 여기에 왔습니다', '주님 아직입니까? 아직 아닙니까? 라는 질문 끝에 '주님 감사합니다. 지금이지요!/이제 때가 온 거지요! 라는 확신을 얻는다. 그리고는 다음과 같이 노래한다.

첫눈 쌓인 안마당을
그대 발자국 찍으며 들어서는 날
푸르스름한 새벽 준비해 두고
밤새 서 계시던 주님
맨발로 뛰쳐나올 것입니다
—「그대에게 쓰는 편지」에서

주님을 영접하는 기도자에게 주님은 '오냐, 나 여기 있다'고 응답하셨으리라 생각한다. 기도는 그 절실함, 간절함으로 그대로 시로 여겨지기도 한다. 따라서 시인인 이희복이 그와 똑같은 응답을 '뮤즈' 로부터도 받게 되기를 바란다.